# O CAÇADOR DE HISTÓRIAS
## Sehay Ka'at Haría

Este livro pertence a:

# O CAÇADOR DE HISTÓRIAS
## Sehay Ka'at Haría

YAGUARÊ YAMÃ

Ilustrações de Yaguarê Yamã e Frank Bentes

**Martins Fontes**
São Paulo  2004

Copyright © 2004, Livraria Martins Fontes Editora Ltda.,
São Paulo, para a presente edição.

1ª edição
setembro de 2004

Texto final
MONICA STAHEL

Acompanhamento editorial
Luzia Aparecida dos Santos
Revisões gráficas
Maria Fernanda Alvares
Luzia Aparecida dos Santos
Dinarte Zorzanelli da Silva
Produção gráfica
Geraldo Alves
Paginação
Moacir Katsumi Matsusaki

Dados Internacionais de Catalogação na Publicação (CIP)
(Câmara Brasileira do Livro, SP, Brasil)

Yamã, Yaguarê
O caçador de histórias = Sehay ka'at haría / Yaguarê Yamã ; ilustrações de Yaguarê Yamã e Frank Bentes. – São Paulo : Martins Fontes, 2004.

ISBN 85-336-2043-8

1. Índios da América do Sul – Brasil – Cultura – Literatura infanto-juvenil 2. Índios da América do Sul – Brasil – Cultura – Ficção – Literatura infanto-juvenil I. Bentes, Frank. II. Título. III. Título: Sehay ka'at haría.

04-5637                                               CDD-028.5

Índices para catálogo sistemático:
1. Brasil : Índios : Cultura : Literatura infanto-juvenil    028.5
2. Brasil : Índios : Histórias : Literatura infanto-juvenil    028.5
3. Cultura : Índios : Histórias : Literatura infanto-juvenil    028.5
4. Histórias : Índios : Brasil : Literatura infanto-juvenil    028.5

Todos os direitos desta edição reservados à
**Livraria Martins Fontes Editora Ltda.**
Rua Conselheiro Ramalho, 330   01325-000   São Paulo   SP   Brasil
Tel. (11) 3241.3677   Fax (11) 3105.6867
e-mail: info@martinsfontes.com.br   http://www.martinsfontes.com.br

Meu nome tradicional é Yaguarê Yamã, isto é, "Tribo de onças pequenas". Meu nome de registro civil é Ozias Gloria de Oliveira, nome de branco. Tenho 29 anos e sou natural da região do rio Wrariá, Amazonas. Pertenço à nação indígena Mawé, povo que tem seu território na fronteira dos estados do Amazonas e do Pará. De 1999 a 2002 fiz faculdade de geografia em São Paulo, onde também dei aulas na rede estadual por dois anos. Sou artista plástico, ilustrador, especialista em grafismos indígenas e palestrante. Nessas tarefas, aproveito o contato com o não-índio para mostrar o que a cultura indígena tem de bom para compartilhar com os moradores da cidade. Faço parte do grupo de indígenas DM projetos especiais e da editora Palavra de Índio, junto com Daniel Munduruku, René Kithaulu e Maria do Rosário (Mary), que tem nos livros e palestras sua grande arma para a conscientização e a inclusão do índio na sociedade brasileira. Atualmente leciono no município de Boa Vista do Ramos, Amazonas, onde continuo o trabalho de conscientização de não-indígenas.

# Índice

Nas noites enluaradas da minha aldeia XI
Nota do editor XV

## HISTÓRIAS DE WATIAMÃ-WEIPY'T

Biografia do herói 3
(*Awaeté 'rikowé*)

O juma do ygarapé do Mura 5
(*Yuma Mura Ygarapé wara*)

O fantasma da casa abandonada 11
(*Matin tapewéra morõgetá*)

A porca visajenta 15
(*Koré Kãkãnema morõgetá*)

A sukurijú do ygapó 19
(*Sukurijú ygapópúra morõgetá*)

## HISTÓRIAS DE ARREPIAR

O fígado do diabo 27
(*Ahiag̃ piahag̃*)

O demônio Ahiag̃ 31
(*Ahiag̃*)

O caminho secreto dos Ahiag̃ 35
(*Ahiag̃ ma'ap*)

O bacurau Ahiag̃ 39
(*Tuwiarú*)

A mãe da sanguessuga 41
(*Puy kang̃kag̃*)

A cabeça visaje 45
(*Ahiag̃ akag̃*)

História da mulher de parto 49
(*Mag̃ká'i Ahiag̃ iwiwo*)

História do Kurupyra, o dono das caças 53
(*Kurupyra ka'at haría sehay*)

As duas cobras encantadas 59
(*Mói wató sehay*)

A assombração da floresta 65
(*Wag̃kag̃kag̃*)

A vingança do companheiro-do-fundo 71
(*Wipakawa puihak sehay*)

Glossário 75

Agradecimentos

Agradeço a meu pai Genésio Freitas de Oliveira (*in memoriam*), a minha mãe Marita, ao seu Mateus Matos e a Teodoro Reis

Ao meu irmão maior e professor
Daniel Munduruku,
a Rinaldo Pontes Simas, a Marcos Rolim
e a meus irmãos Kenesio Gloria,
Genésio Filho e Uziel Gloria.

# Nas noites enluaradas da minha aldeia

Toda criança em qualquer parte do mundo gosta de ouvir histórias de aventuras. As crianças indígenas também; elas fazem de tudo, principalmente silêncio, para ouvir o que os contadores de histórias dizem.

E na minha infância era justamente disso que eu mais gostava, ouvir histórias, principalmente histórias de medo contadas por meu pai, na companhia de outros sábios.

Meu pai foi o maior dos heróis da minha meninice. Ele tinha a arte de narrar as aventuras que ouvia ou que vivia em suas andanças pela floresta e longínquos lugares da Amazônia. Lembro-me das muitas vezes em que, ao pôr-do-sol, ele sentava com os adultos para contar histórias. Eu, criança, fazia tudo para estar ao lado dele e não perder uma só narrativa. Junto com outros meninos, mesmo sentindo o drama e o medo de ter que sair no escuro para dormir na casa de palha do outro lado do terreiro quando as histórias terminassem, eu não desistia.

Quando a makukawa* entoava seu canto melancólico na floresta e os sapos coaxavam no ygarapé* próximo de onde morávamos, já sabíamos que estava na hora. Aquele era o aviso para uma longa noite de histórias, e todos corríamos para junto das redes dos mais velhos.

Assim era na minha infância. Assim foram muitas noites na minha aldeia. Depois que meu pai faleceu, fui procurar meus parentes mais velhos para relembrar as histórias dos heróis de meu povo. Minha infância estava longe e, das muitas aventuras contadas por meu pai, eu me lembrava apenas de algumas, assim mesmo em parte.

Então comecei minha busca. Foram dias viajando em barcos de passageiros e canoas com motor de popa, para o paraná* do Wrariá, o lago do Kaioé e a área indígena Kuatá-Laranjal, no rio Mary-Mary, no Amazonas. Lá me encontrei com saudosos amigos de meu pai, entre eles o seu Mateus, que contavam as mais fantásticas aventuras e histórias de arrepiar que eu ouvira quando menino.

E, antes que os mais velhos morressem e a arte de contar histórias fosse esquecida, pude resgatar algumas narrativas, entre elas a de um aventureiro engraçado, chamado Watiamã-weipy't, herói safado, do tipo do famoso Macunaíma ou do Baíra, do povo Parintintim.

Dele, recolhi duas histórias, e outras duas relembrei com minha mãe. Neste livro há quatro aventuras de Watiamã-weipy't. As outras histórias são arrepiantes, do tipo das que o povo Saterê-Mawé gosta de contar. Todas essas aventuras de fantasmas e assombrações têm muito a ver com os seres sobrenaturais da religião dos antepassados, Urutópiag̃.

Sinto muita saudade de meu pai. Narrando essas aventuras, é como se eu estivesse em seu lugar, fazendo o que ele mais gostava de fazer: sentar perto da fogueira e relembrar as histórias dos heróis e aventureiros da magnífica selva amazônica. Por isso dei a este livro o título de *Sehay Ka'at Haría* (*O caçador de histórias*), em homenagem a meu pai e a todos os caçadores de histórias de nossa cultura, sem os quais esse mundo tradicional, tão especial e cheio de mistérios, não teria chegado até nós.

Yaguarê Yamã

# Nota do editor

Mantivemos, seguindo sugestão do autor, a grafia das palavras em sateré e em língua geral.

A grafia dos regionalismos, mesmo para os termos já incorporados ao português, é a mesma proposta pelo autor. Nesses casos, a ortografia registrada nos dicionários está indicada no Glossário.

O Editor

# Histórias de Watiamã-weipy't*

* A língua original das "Histórias de Watiamã-weipy't" é a língua geral, falada por mais de dez povos indígenas como língua principal ou segunda língua. Por isso seus títulos estão em língua geral.

# Biografia do herói
## (*Awaeté 'rikowé*)

O personagem Watiamã-weipy't é um herói sem caráter, mais ou menos comparado ao Baíra dos Parintintins, ao Maíra dos povos tupis do leste paraense e ao famoso Macunaíma dos Taulipan. Ele está sempre se metendo em confusão e aventuras perigosas, mas, ao contrário dos heróis dos outros povos, nunca inventou nada em favor dos Mawé.

O nome Watiamã-weipy't significa "formigão alegre". Ele é um herói beberrão, divertido, capaz de enfrentar até Yurupary. Sempre se sai bem, livrando-se dos inimigos e assombrações que lhe aparecem. Muito diferente dos grandes heróis dos mitos mawés narrados no livro sagrado *Sehawpóri*, como Mary-Aypók e Wasary-Pót, nunca liderou o povo. Suas aventuras têm um aspecto bem mais atual do que as dos outros.

Watiamã-weipy't é um personagem de uma parte mestiça do povo, que adota a língua geral ou nheengatu, segundo idioma dos Mawé e idioma sagrado dos pajés* e dos antigos tuxawas*. Por isso as suas aventuras são sempre contadas em língua geral. Foi um herói muito conhecido pelos antigos, e hoje a divulgação de suas aventuras contribui para a salvação de uma parte da cultura mawé, por muitos esquecida.

# O juma\* do ygarapé\* do Mura
## (*Yuma Mura Ygarapé wara*)

Há muito tempo na terra dos Mawé já se faziam grandes festas. Essas festas eram todas organizadas por tuxawas\* compadres, ou seja, tuxawas amigos, compadres do povo, responsáveis pelos eventos festivos da nação.

Certa vez, alguns desses tuxawas resolveram fazer um grande debukiry\* e convidaram as pessoas mais bem-humoradas da região. Entre elas estava um tal Watiamã-weipy't, homem corajoso e muito querido pelas comunidades. Era de temperamento brincalhão e não dispensava nenhuma festa.

Quando voltava dessas festas, pelas três da madrugada, ele sempre varava tudo quanto era matagal e levava no peito tudo quanto era visaje\* ou qualquer outra assombração que houvesse no caminho, pois a essa altura dos acontecimentos já estava cheio de coragem por causa dos goles da manguaça\*.

Acontece que, naquela noite, Watiamã bebeu kaxiromba* demais. Os seus compadres bem que advertiram para ele não exagerar. Mas, quando Watiamã começava, todos sabiam que ia até acabar.

Uma certa hora, alguém lhe falou de um grande juma que tinha passado por aquelas bandas, e que ele deveria estar sóbrio quando chegasse a hora de voltar para casa. "Vá que de repente o juma apareça! Ninguém estará por perto para socorrê-lo", disseram. Mas Watiamã-weipy't nem ligou. Sentou-se e pediu mais uma dose de mahy*.

Passou o tempo, e a festa terminou. Watiamã dirigiu-se aos tropeços para a beira do rio, embarcou em sua ygara*, tirou água do porão, manejou o remo e se foi.

Foi remando, sem prestar atenção aos avisos de perigo dados pela natureza: o cantar do bacurau* anunciando agouro; a gargalhada estridente da Yurutay, mãe da lua; o boiar sonso do tambaqui na beira da sulapa*. E assim ele foi voltando para casa, sem preocupação.

Era de madrugada, a lua ainda estava firme no estrelado, e seus raios flutuavam em kawrê*, alumiando as curvas do enigmático ygarapé do Mura, que corre ligeiro quando é vazante. Subitamente apareceu diante dele uma imensa rede atada de um lado ao outro do ygarapé. Nunca tinha visto coisa mais estranha.

– Mas que arrumação é essa, seu mano? Não sabe que está tapando o meu caminho? E justamente na hora de voltar para casa! Espera que eu já vou malinar* com esse camarada – ele falou.

E, sem hesitar, seguiu remando, com cuidado para não acordar o bicho. Então parou, pegou o remo, mirou bem nas costas do dormente e lhe deu uma paulada no ombro.

– Erra! Ehhh...

Lá de cima olhou um juma gigantesco, desses que nem visaje chega perto.

Quando viu o tamanho do monstro, Watiamã se apavorou e, mais que depressa, botou o remo na água e... tchobou, tchobou, tchobou.

Nessa hora de grande susto a pinga começou a esfriar, e o herói corajoso perdeu a valentia, vendo que não adiantava ficar para ver o que acontecia, pois se tratava de um juma de três metros e meio,

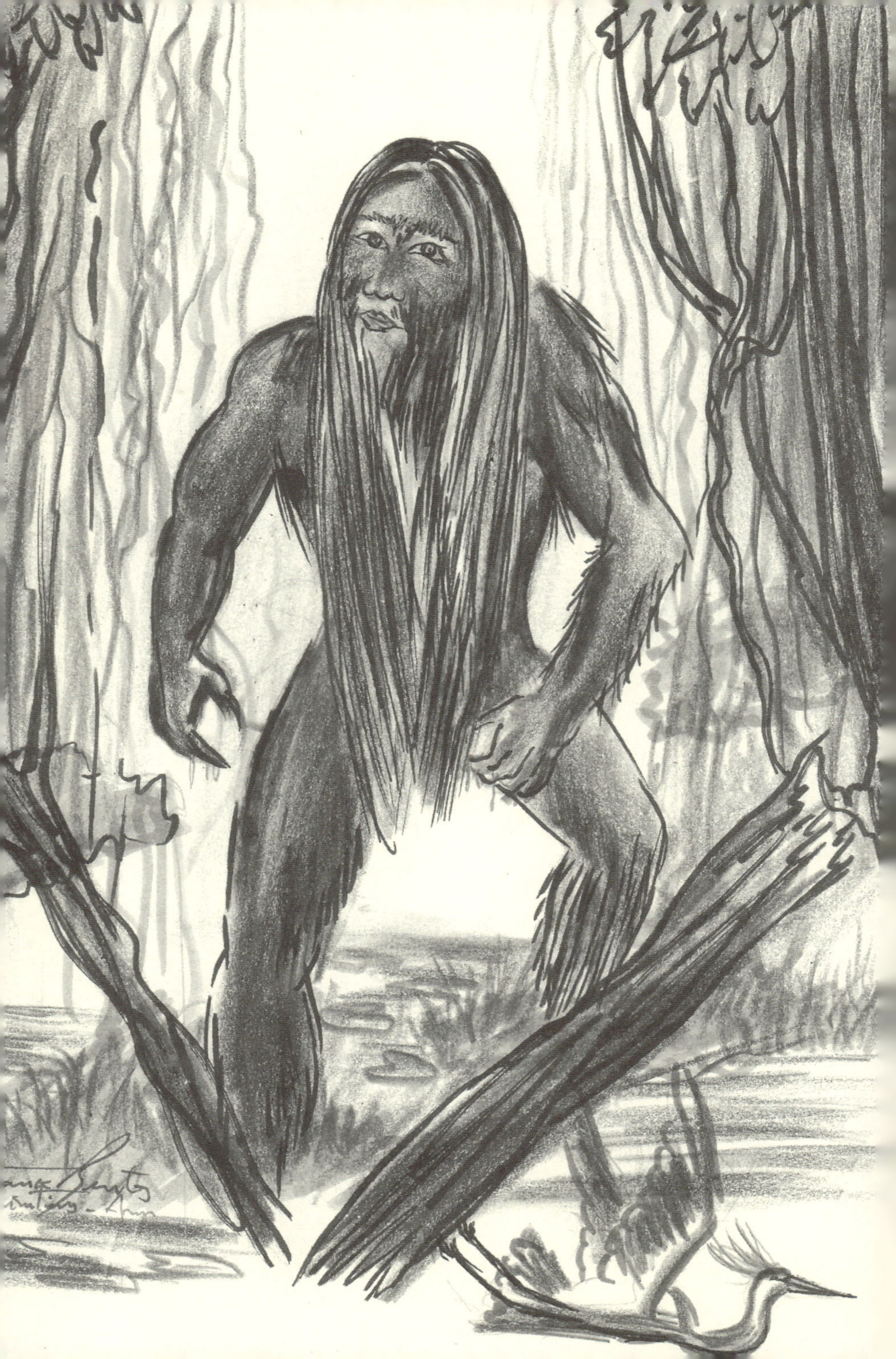

bufando de raiva por ter sido despertado com uma bordoada nas costas.

Watiamã olhou para trás e viu o bicho imenso pulando da rede, direto na água, para alcançá-lo na boca do ygarapé, onde ele é mais estreito. Desesperado, Watiamã amiudou o compasso das remadas.

Perto de passar debaixo de uma árvore de abiu'rana* caída e atravessada no ygarapé, Watiamã olhou e se assombrou ao ver o juma à sua espera já lá na frente, brandindo o tacape, em pé na árvore, quase para pular na canoa.

Não havia mais nada a fazer. O jeito seria encomendar a alma a Tupana* e esperar que o fim não fosse muito doloroso.

Porém, o juma se afobou para pular na canoa, escorregou e despencou na água, dando tempo para o herói agoniado escapulir e ganhar fôlego, em fuga desesperada. Assim mesmo, o monstro quase alcançou a popa da canoa, e continuou nadando atrás do herói, com fortes braçadas.

A essa altura, o dia já estava amanhecendo. Ouvia-se o canto alegre do tangury'pará*, que se acabava em gargalhadas vendo o desespero do herói que até havia pouco não conhecia o medo.

De tanto remar, as mãos de Watiamã já estavam adormecidas no cabo do remo, calejadas e suadas. Seu rosto estava atônito, e a quentura do seu corpo não combinava com a manhã fria.

Por sorte, à beira do rio no qual desaguava o ygarapé, ele avistou um cemitério dos seus ancestrais. Watiamã não pensou duas vezes: rumou para a beira, saltou da canoa para a terra, correu na direção de um totem erguido para afugentar os maus espíritos de perto dos cadáveres. Lá ele se abraçou ao madeiro. O juma, que já o havia alcançado, parou diante dele e, como não podia pegá-lo, falou:

– Kê te var*, kê te var! Se não chegas em tempo de te abraçar a esse totem, eu teria te comido vivo.

E o juma foi embora, deixando Watiamã em paz, porque já era de manhã e ele não podia aproximar-se da escultura sagrada. Foi a salvação do herói cachaceiro.

Nunca mais Watiamã quis malinar com um juma. Ainda mais desses que atam suas redes de um lado a outro de um ygarapé.

# O fantasma da casa abandonada
### (Matin tapewéra morõgetá)

Certo dia Watiamã-weipy't foi tirar balata*. Pegou seu terçado* amolado e suas latinhas de colher seringa. Colocou na cintura a kisé*, enrolou alguns tawarys*, calçou a chinela de couro e foi andando pelo mato.

Andou, andou, andou, revirou o dia fazendo picadas, até chegar a uma ribanceira do rio Andirá, que sobe por um matagal e vai dar numa região repleta de seringueiras. Lá ele parou.

Então o dia foi escurecendo, e ele já estava cansado. Avistou um barracão abandonado, rente a uma ribanceira, invadido por cipós e limão'ranas*, desses que servem para os aventureiros passarem a noite. Watiamã não teve dúvida:

— É aqui mesmo. O barracão é descunforme* de grande e parece que não tem ninguém para me fazer companhia, mas eu sou corajoso. Ô de casa! – ele chamou, entrando meio desconfiado pela varanda.

Mas nenhuma voz respondeu. Só o choramingar desconsolado do karaxué*, em cima do abieiro, e o canto rouco do bacurau* rezando no terreiro faziam o estrepolio* no silêncio, nada mais.

– Será que é assombrado esse casebre aqui, ou o Ahiag̃* viajou por esse tempo? Mas aqui mesmo eu fico e não tem conversa – ele falou isso porque viu o barracão por dentro e não se animou nada com a escuridão.

Atou a rede no interior de um dos quartos, agasalhou seus bagulhos no canto da casa, pôs o terçado debaixo da rede e se deitou.

Logo depois, quando já estava quase dormindo, com os olhos pesados prestes a fechar, ele ouviu uma zoada mexendo no jirau* de juçara* em cima da cumeeira. E de lá uma voz falou:

– Eu caio?

Watiamã se arrepiou todo, mas, dominando o medo causado pela voz seca e estridente que soava bem em cima de onde estava deitado, respondeu:

– Cai.

Ao lado de sua rede caiu uma perna. Ploft!

– Eu caio? – a voz voltou a perguntar, lá de cima.

– Cai.

Outra perna caiu ao lado da primeira.

– Eu caio? – a voz perguntou novamente.

– Cai.

E caiu um braço. Hepei!

– Eu caio?

– Cai.

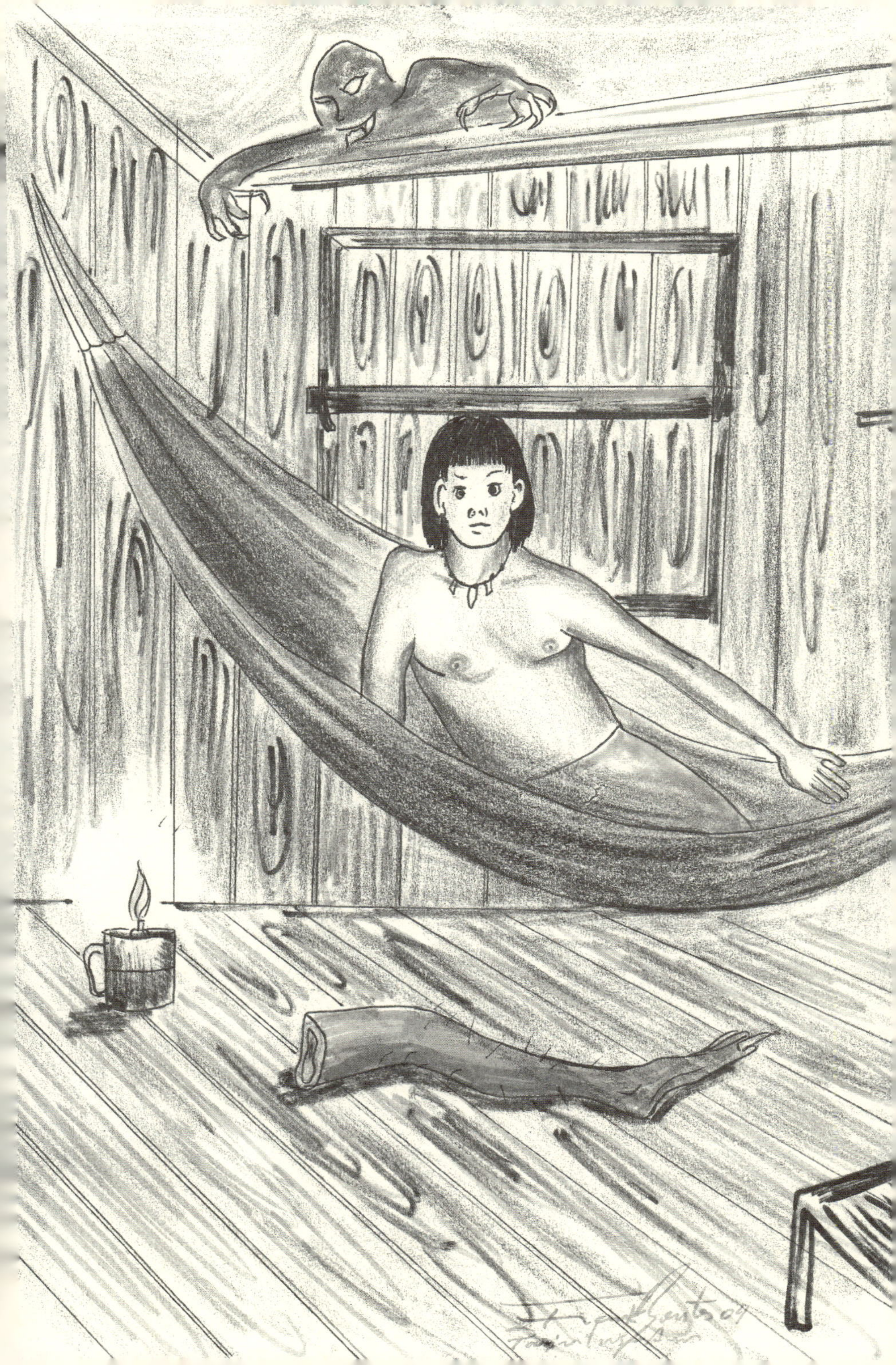

E caiu outro braço.
Lá pela quinta vez a voz tornou a perguntar.
– Eu caio?
Watiamã, que já estava irritado com tanta pergunta, respondeu:
– Cai logo, tudo de uma vez só!
E de cima do jirau caiu todo o resto do corpo. A cabeça despencou em cima de Watiamã e foi rolando até o chão. Bouu...!
Quando olhou para o lado, Watiamã viu o corpo se juntando todo, até que bem na sua frente se levantou um homem imenso, que tinha uns três metros. Watiamã se assustou e também se levantou da rede, pegando o terçado que estava ao seu alcance. Ficou esperando o bicho reagir, mas o bicho recuou e falou:
– Fique em paz, índio, porque você foi um dos poucos homens que tiveram a coragem de dormir aqui, o primeiro que não correu e o único que me enfrentou. Agora não tenha medo que já me vou.
Dizendo isso, saiu pela porta, foi para o meio do terreiro e desapareceu na escuridão do seringal que cercava o terreno abandonado.
Mais uma vez, Watiamã demonstrou ser um grande herói, pois não fugiu diante de uma visaje* assustadora e teve a coragem, que poucos teriam naquele momento, de falar com Ahiag̃, enviado da legião de espíritos maus.

# A porca visajenta*
## (Koré Kãkãnema morõgetá)

Uma noite, Watiamã foi a uma festa.

A festa era numa vila, não muito distante da sua. Era um local de muito movimento e eventos, aonde se chegava a pé pelo caminho mais curto, sem ter que descer na canoa e se cansar no remanso* da beirada.

Watiamã havia esperado dias por esse evento. Estava pronto, com seus melhores colares no pescoço e sua calça nova, feita de couro de yaguaretê*. Mas, em vez de ir remando pelo rio, como de costume, resolveu ir pelo caminho, atravessando a vila e os terreiros de seus parentes Mawé, para ver se encontrava alguma moça bonita à disposição para levá-la à festa e se divertirem juntos.

Estava muito contente. Na certa, iria arranjar a melhor entre as mulheres do lugar.

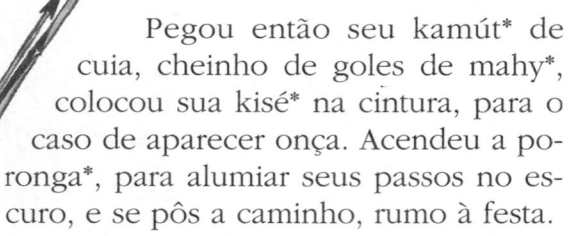

Pegou então seu kamút* de cuia, cheinho de goles de mahy*, colocou sua kisé* na cintura, para o caso de aparecer onça. Acendeu a poronga*, para alumiar seus passos no escuro, e se pôs a caminho, rumo à festa.

Andou, andou, atravessou alguns quintais e entrou em algumas casas de compadres seus para ver se arranjava alguma moça, mas nada conseguiu. Parecia que todas as moças já tinham companheiro e não restara nenhuma para ele. Ia acabar chegando atrasado. O jeito era ir só.

Não muito longe dali, quando ia atravessando um quintal escuro e cercado, apareceu-lhe uma porca imensa, saindo de uma poça de lama. Com toda a fúria, ela atacou o herói, fuçando-lhe as pernas, o que o obrigou a correr e procurar se salvar. Watiamã conhecia e temia essas visajes. Na certa tinha desagradado aos espíritos-do-fundo e não estava com muita coragem para descobrir se aquela porca rancorosa era porca mesmo ou se era gente que tinha se transformado para lhe fazer mal.

Em todo caso, ele não iria enfrentá-la, muito menos lhe dar um golpe fatal, o que poderia colocá-lo em maus lençóis com os Ahiaɡ̃*, seres que representam a aglomeração de todos os espíritos maus.

Todas essas possibilidades passavam pela cabeça de Watiamã, que não sabia o que fazer. Acreditava em aparições e, como a porca insistia, viu que ela não era mesmo do bem.

Quando a porca o atacava por um lado, Watiamã corria para o outro; quando ela o seguia, furiosa, ele subia em algum toco que encontrava e esperava até ela recuar para descer e correr um pouco mais.

Numa das investidas da porca, Watiamã bateu a mão num tagapema\*, desses que servem para dar cacetada em pirarucu, na pescaria. Watiamã pegou o tagapema e, quando a porca o ameaçou de novo, deu uma bordoada na cabeça dela. A porca girou, girou e caiu no chão, roncando.

A essa altura, Watiamã estava todo enlameado, de tanto escorregar nas poças que havia pelo caminho. Cansado, ainda tentava se limpar com a kisé quando, de repente, a porca voltou a atacá-lo, e dessa vez ela conseguiu derrubá-lo e deitar-se sobre ele, esfregando suas partes genitais nas dele. Watiamã ficou desesperado, nunca tinha visto uma coisa daquela.

Lutou, lutou, até conseguir se soltar. Quando a porca reagiu, o herói se esqueceu do medo da vingança dos espíritos maus. Sem perder tempo, fincou duas ou três punhaladas nas entranhas do bicho. A porca caiu de lado, sem dar sinal de que iria reagir. Ouvia-se ainda sua respiração lenta e entrecortada. Watiamã se levantou e voltou a se limpar. Aliviado, recuperou o fôlego, pegou o que tinha sobrado de suas coisas e seguiu caminho, sem olhar para trás. E lá se foi ele para a festa. Apesar de sujo e cansado, não tinha desistido de participar da farra com seus compadres na vila.

Chegando lá, ele tomou banho, mas sem dar explicações a ninguém sobre sua sujeira. Não parou de dançar a noite toda com as meninas que participavam da festa, chegando até a esquecer o que tinha acontecido.

Watiamã dormiu na casa dos amigos e aproveitou bastante o kaxiry*, o basapó* e a kaxiromba* feitos para os convidados. De manhãzinha, depois de acordar com muita dor nas costas e a ressaca da festa, voltou para casa pelo mesmo caminho da véspera. Quando chegou ao local onde tinha derrubado a porca, viu um monte de gente rodeando um cadáver estirado no chão, todo ensangüentado.

Chegou perto e viu um corpo de mulher, caído e esfaqueado.

A porca da noite anterior, ao morrer, voltara a se transformar em mulher. Era a moça mais bonita da aldeia, que amava muito Watiamã e sentia muito ciúme dele, mas nunca tinha tido coragem de se declarar. Os demônios Ahiag̃ a tinham usado para tentar matar o herói.

# A sukurijú do ygapó*
## (*Sukurijú ygapópúra morõgetá*)

Watiamã-weipy't estava feliz com o dia bonito. Guaracy* havia chegado forte aquela manhã, refletindo seus raios entre as tábuas da ponte, como se o convidasse a sair de casa.

– Na certa hoje deve ser um dia bom para pescar! – falou Watiamã, convencido de que pegaria muitos peixes na boca do ygarapé*, próximo ao ygapó.

Aquele ygapó tinha a fama de ser um dos mais perigosos e visajentos* da região. No entanto, isso não preocupava Watiamã. Ele era bom pescador, conhecia muito bem os lugares, já havia pescado inúmeras piraybas* com arpão, matado jacaré-açu, desafiado jibóias dentro da casola*, brigado com onça. E essas eram apenas algumas das muitas proezas do herói. Não seria dessa vez que iria apelar para a sua cajila*, onde estava toda a fé nos deuses protetores da mata.

Então, ele reuniu suas tralhas de pescaria: pegou o piná* com o caniço e os colocou dentro de seu pikuá*. Colocou a malhadeira* de mica sobre os ombros, escolheu sua melhor zagaia para arpoar tambaqui. Foi ao jirau* da cozinha, retalhou alguns pedaços de peixe para servir de isca. Juntou as flechas e o arco com os outros bagulhos. Ao sair, tirou o remo que estava debaixo do assoalho da casa, e lá se foi rumo à beira do rio, onde sua canoa estava encostada.

Chegando lá, arrumou os bagulhos ao lado dos bancos, sentou-se na proa, pôs o chapéu de palha na cabeça, afastou-se empurrando a canoa com o remo e foi remando entre as muitas kana'ranas* e peremembekas*, que extrapolavam rente ao kuruperê* de água, que avançava para abrir o ygarapé.

Ao chegar à boca do ygarapé, armou a malhadeira de mica, colocou-a na entrada, no tronco de um taxizeiro, bebeu um pouco de água com a cuia, gapongou* com o karamury* para chamar os peixes. Depois remou para dentro do ygarapé, que ia dar naquele tão falado ygapó.

Enfim, quando já estava pronto, aproximou-se de um tronco de tawary*-de-ygapó, flutuando na água, enfiou a isca no piná e começou a jogá-lo, despreocupado.

Gapongava com o karamury e jogava o piná, esperava um pouco e puxava os peixes. Entretido com isso, Watiamã nem se dava conta de que a qualquer momento poderia estar em perigo.

Já tinha pegado vários pacus quando, de repente, saindo de um chavascal* escuro, apareceu serpenteando por detrás da canoa uma enorme sukurijú*. Ela se aproximou de mansinho, sem que Watia-

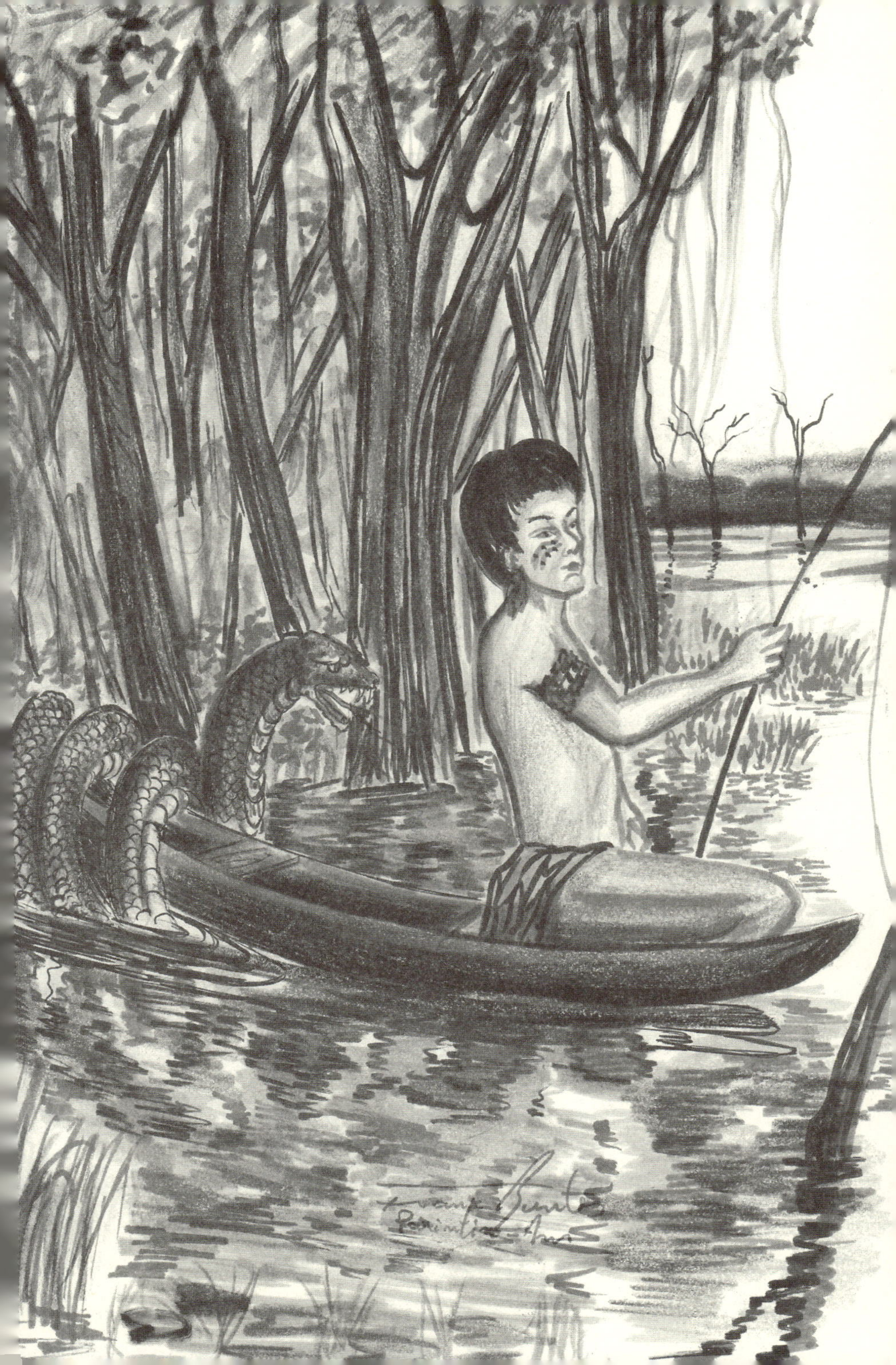

mã percebesse. Ele continuava a gapongar da proa e nem viu quando a enorme serpente entrou pela popa e deu o bote.

Vapt! O herói caiu para trás, no porão da canoa, agarrado com a sukurijú, sem conseguir se soltar.

Querendo se livrar do terrível abraço da serpente, Watiamã se debatia no chão, mas todo o seu esforço era em vão: quanto mais se debatia, mais a cobra gigantesca o enlaçava, tentando quebrar-lhe os ossos. Não havia nada a fazer. Watiamã já começava a espumar pela boca, e seu corpo pardo se arroxeava.

Foi um ataque de surpresa, Watiamã teria morte trágica. Tinha sido mais uma presa fácil para a mulher do ygapó, apelido pelo qual é conhecida a sukurijú amarela. Seria mais uma se não fosse por uma razão: aquela não era uma presa qualquer, era Watiamã-weipy't, o homem mais teimoso do mundo. Ele não entregaria os pontos sem lutar. A serpente teria de suar muito para lançar-se com aquela vítima na água, onde dava seu golpe fatal.

O herói se contorcia inteiro. Lutava, lutava, e nada. Parecia que depois de mais alguns gritos de desespero tudo estaria acabado. Mas não foi assim. Depois de conseguir passar uma das mãos por uma brecha entre duas voltas do corpo da serpente, Watiamã teve uma idéia brilhante. Seria a última chance de sua vida. Watiamã apalpou o buraco de defecação da cobra, o ânus, e enfiou-lhe o dedo médio com toda a força. Assustada com aquele contra-ataque do herói, a serpente arregalou os olhos e o soltou, lançando-se na água logo em seguida.

Watiamã, enfim, pôde respirar aliviado. Acabara de descobrir o ponto fraco das sukurijús. Esse era o segredo, e ele nunca mais teria medo das investidas da mãe do ygapó. Estava orgulhoso por ter enfrentado e derrotado a cobra da maneira pela qual ela menos esperava. Ele recolheu o caniço e o anzol que haviam caído na água, pegou o remo e tratou de voltar para casa.

Chegando a um certo ponto da saída do ygapó, o herói deu uma olhada para trás e viu a sukurijú esticar o pescoço para espiá-lo e, quem sabe, lançar-se em mais um ataque traiçoeiro. Watiamã largou o remo, levantou o braço e mostrou-lhe o dedo do meio.

Mais que depressa, a cobra abaixou a cabeça e nunca mais tentou atacar o herói, pois não agüentaria outro contra-ataque fulminante como aquele.

Dizem os pescadores de nossa gente que essa é a única forma de se livrar do aperto da sukurijú.

# Histórias de arrepiar*

\* As "Histórias de arrepiar" são originalmente contadas em sateré, língua do povo Sateré-Mawé. Por isso seus títulos estão em sateré.

# O fígado do diabo
## (Ahiağ piahağ)

Certo dia, dois companheiros foram caçar na mata.

Depois de andarem muito, sem comer nada, tomaram um caminho que os levou a uma cabana abandonada, muito longe de onde moravam. Chegando lá, viram um fígado assado em cima da mesa de juçara\*, bem no meio do tapiry\* de palha. Estava apetitosa a comida. Famintos, pensaram em comer o fígado, mas um dos companheiros falou:

– Espere compadre, é melhor não comermos. Não sabemos de onde vem esse fígado nem a quem pertence. Pode ser de algum Ahiağ\*, e por isso poderemos morrer. Acho melhor irmos embora daqui, pois está ficando escuro e logo vai anoitecer.

Mas o outro não quis dar atenção ao conselho do companheiro. Disse que aquilo era bobagem, que decerto o fígado era de algum outro caçador e, portanto, não tinham o que temer. Passariam a noite ali na cabana e, quando o dono chegasse, explicariam tudo a ele.

O companheiro sensato discordou, mas, com a insistência do outro, acabou consentindo só em dormir ali. O faminto não se contentou, queria também comer o fígado.

– Você que acredite nessas bobagens, se quiser. Eu vou comer, estou com fome! – ele disse.

– Não coma que não presta! – retrucou o outro.

Mas, não adiantou avisar, o faminto acabou comendo o fígado.

Depois eles ataram as redes dentro do tapiry e foram dormir.

Anoiteceu. Não muito longe dali, uma voz começou a gritar:

– Cadê meu fígado? Cadê meu fígado?

O companheiro sensato se espantou:

– O dono do fígado vem aí! Você não devia ter comido. Agora o bicho virá nos matar.

Os dois ficaram ouvindo aqueles terríveis gritos ecoando pela floresta.

– Cadê meu fígado? Cadê meu fígado?

Os gritos eram do demônio Mapinguary*, a mais horrenda forma do deus do mal, uma espécie de macaco gigante, que tem uma boca no meio do estômago, pronta para comer carne humana. E os gritos do bicho vinham chegando cada vez mais perto.

– Cadê meu fígado? Cadê meu fígado?

Os dois caçadores pularam das redes, correram para fora do tapiry e, naquele desespero, o primeiro companheiro subiu numa árvore bem alta e lá ficou.

O outro pedia:

– Compadre, me deixe subir aí com você!

– Não! Foi você quem comeu o fígado do bicho. Vá procurar outra árvore, porque se você subir aqui comigo ele vai me matar também!

O outro subiu numa árvore bem próxima da primeira, e os dois ficaram quietinhos, sem se mexer, só ouvindo os gritos do monstro, cada vez mais assustadores e mais próximos do tapiry onde eles tinham ficado.

O bicho chegou embaixo das árvores e gritou:

– Cadê meu fígado?

O fígado respondeu de dentro da barriga do homem que o tinha comido:

– Estou aqui, meu dono!

Então o monstro começou a balançar o tronco da árvore do comilão. Balançou, balançou, até que o homem caiu do galho. O outro caçador, sem poder fazer nada, só ouvia os gritos desesperados do companheiro, que pedia socorro.

E o imenso monstro Mapinguary, com a boca enorme no meio do estômago, rosnava e ia comendo o homem, dando mordidas barulhentas naquela carne suculenta.

De manhã bem cedo, o companheiro, ainda espantado com o acontecimento da noite anterior, desceu da árvore. Olhou ao redor e viu que do amigo só tinha sobrado a cabeça e o esqueleto, todo quebrado e espalhado embaixo da árvore.

Horrorizado com a cena, mas sem poder fazer nada, ele já ia indo embora quando a cabeça falou:

– Meu compadre, não me deixe, por favor! Quero ir com você!

O homem levou um susto e, com pena da cabeça suplicante, concordou. Amarrou bem a cabeça com cipó e a colocou nas costas, num yamaxy* que ele tinha tecido. Mas, cada vez que ele caminhava um pouquinho, a cabeça caía, porque mordia o cipó com intenção de comer o companheiro. Durante toda a caminhada foi assim, pois a cabeça queria que, quando chegasse a noite, ficasse mais fácil matá-lo.

Cada vez que o caçador preparava outro yamaxy para levar a cabeça, ela mordia e cortava o cipó, então rolava e pedia para o companheiro não a abandonar.

Já era de tardezinha, e o caçador estava cada vez com mais medo de ser comido pela cabeça do companheiro. Então, esperou a cabeça cair e rolar de novo e, mais que depressa, pegou seus pertences e saiu correndo por um atalho. Sempre fugindo, chegou à beira do rio e pegou sua canoa. A essa altura, a cabeça vinha rolando, rolando atrás dele, como uma bola.

Quando o caçador pegou o remo e empurrou a canoa para o meio do rio, a cabeça, já na praia, quase se afogando nas ondas, falou:

– Kê te var*! Kê te var! Se demorasses mais um pouco, quando chegasse a noite eu teria te comido!

Em seguida, começou a se transformar em um novo Mapinguary e voltou para dentro da mata.

A transformação aconteceu porque o fígado que o homem tinha comido continha a maldição dos demônios da floresta.

# O demônio Ahiaɠ*
*(Ahiaɠ)*

Convidar alguém para passear à noite é muito perigoso. Muito melhor é sair de dia, pois à noite pode aparecer Ahiaɠ transformado em gente, sem que ninguém suspeite que seja uma criatura maligna infiltrada entre as pessoas para matá-las e comê-las.

Foi isso que aconteceu com um grupo de jovens que morava numa comunidade distante.

Duas moças foram convidar os colegas para irem na manhã seguinte a uma praia, onde gostavam muito de tomar banho. Saíram na boca da noite para fazer o convite, para os amigos já começarem a se preparar.

Fizeram o convite e voltaram para casa. De madrugada, as duas se arrumaram e saíram pelo mesmo caminho, para reunir os colegas. Elas gritavam, chamando por eles, mas quem veio foi um Ahiaɠ. Ouvindo os gritos das moças, ele resolveu aproveitar para judiar delas. Por isso não é aconselhável falar em voz alta à noite. O barulho da conversa atrai esses demônios da floresta.

Sem que as moças soubessem, o demônio se transformou em gente e se aproximou, conversando e convidando-as para se divertirem num outro lugar. As moças aceitaram e, sem se lembrar de que haviam convidado outras pessoas, foram para a casa do demônio, que ficava dentro de um mato fechado.

Esse Ahiağ tinha uma mãe humana. Assim que ela viu o filho chegar com as duas moças, foi ao encontro delas e disse:

– Vocês vieram com o meu filho, mas vou logo avisando: ele não é uma pessoa como nós, é um Ahiağ. Vai querer matar e comer vocês!

As duas moças ficaram apavoradas. Viram o rapaz bonito, que se dizia amigo delas, sair da casa para apanhar bacaba* e voltar quase na mesma hora, de tão rápido que ele andava.

Então ele olhou para as duas moças e disse:

– Não consegui apanhar bacaba nem tenho caça para comer hoje. Vocês terão que catar os mukuins* e carrapatos que grudaram no meu corpo quando eu estava no mato!

As duas obedeceram. Enquanto uma delas se abaixava para catar os carrapatos do pescoço do rapaz, ele começou a mudar de aparência. Quando a moça levantou os olhos, viu o rosto de um demônio de olhos vermelhos e com a boca cheia de dentes afiados. Ele apertou o pescoço da moça, e ela morreu. O Ahiag̃ a devorou diante dos olhos horrorizados da outra.

Quando a transformação se completou e ele virou demônio de corpo inteiro, a moça que tinha sobrado saiu correndo desesperada, tentando fugir do monstro. Ela correu para a beira do rio, procurando uma maneira de se salvar. Como não encontrou canoa, pulou na água e nadou para o meio do rio.

O Ahiag̃ ficou com muita raiva e foi atrás dela, mas ele não sabia nadar. Demônios não têm coragem de aprender a nadar porque têm medo do espírito das águas, que é seu inimigo. Ahiag̃ ficou na beira do rio, olhando para a moça, que estava se afogando.

Ela estava quase morrendo quando, de repente, veio um temporal muito forte e formou duas ondas gigantescas no rio. No meio dessas ondas, apareceu o espírito protetor das águas, Sukuyu'wera, senhora de todas as cobras. Ela teve piedade da moça e a salvou, fazendo-a desmaiar e ser levada para o outro lado do rio.

Ao chegar do outro lado, a moça despertou. O temporal tinha passado, e ela saiu correndo. Enquanto isso, o Ahiag̃, bufando de raiva, acendia a lamparina, louquinho para atravessar o rio.

A moça correu, correu, até de manhãzinha. Ainda estava um pouco escuro, quando ela viu um carão* que falou:

– O que você está fazendo sozinha na floresta, a esta hora da manhã? A lua ainda não se pôs, e você não pode andar por aí, sem alguém para acompanhá-la. Algum Ahiaḡ pode vir lhe fazer mal.

Então a moça contou o que tinha acontecido.

– Ah, então foi isso! Mas não se preocupe, ele não vai incomodar você de novo.

O carão teve pena da moça e, como era bonzinho com as pessoas, levou-a para a casa dos pais.

# O caminho secreto dos Ahiağ*
## (Ahiağ ma'ap)

Houve um pajé*, da aldeia Aratikum, que descobriu o segredo dos Ahiağ, o grande segredo do mundo invisível Wihóg'pohá. Todos queriam conhecer esse segredo, pois muitos tinham parentes mortos pelos Ahiağ e queriam se vingar.

Então o pajé reuniu quem era ali de perto e contou como os Ahiağ pegavam as pessoas para comer. Falou do caminho onde esses demônios faziam a espera e montavam armadilhas para pegar gente.

Daí em diante todo o mundo queria arranjar uma maneira de fazer esse segredo se virar contra os Ahiağ.

Assim que ouviu o pajé, um tuxawa* da aldeia foi procurar o caminho secreto dos demônios. Ao achá-lo, fez um buraco no meio dele e ficou esperando. Quando deu meio-dia, um Ahiağ veio andando e viu a sombra do homem. Pensando que fosse um animal, jogou uma pedra para matá-lo, mas a pedra acertou na sombra e o homem correu. O Ahiaɣ viu o homem correr, pegou outra pedra e jogou. Dessa vez achou que tivesse matado o homem, desviou-se do buraco e foi embora.

De tarde, o Ahiaɣ voltou para comer o homem, mas não viu nenhum corpo.

– O que aconteceu? Será que joguei a pedra com tanta força que enterrei o homem?

O demônio pulou no buraco para procurar o corpo, mas não achou. O homem, que tinha dado a volta, chegou por trás do bicho:

– Agora vou me vingar! Vou matar você!

Quando ele pegou a flecha, o Ahiaɣ falou:

– Não faça isso! Não me mate!

Mas era a vingança. O homem acabou matando o demônio e começou a gritar, alegre, esquecendo que aquele lugar era dos demônios.

Então, outros Ahiaɣ ouviram os gritos do homem e começaram a persegui-lo. O homem correu, correu, e os Ahiaɣ foram atrás dele. Muito cansado, ele subiu numa árvore onde havia uma casa de cupim e ficou lá em cima.

Quando os demônios chegaram, começaram a bater no tronco da árvore, com a intenção de fazer o homem cair. Ele se segurou bem e jogou a casa de cupim em cima dos Ahiaɣ. Eles pararam para se limpar e o homem aproveitou a oportunidade para descer da árvore e fugir por outro caminho. Então os demônios o perderam.

O homem foi andando, achou um toró\* e o matou. Tirou as vísceras do toró e as colocou para assar. Quando ficaram prontas, com um aroma delicioso, chegou um Ahiag̃ enorme.

– O que você está fazendo?
– Estou assando uma carne boa, vamos comer?

O bicho aceitou. Os dois se sentaram e começaram a comer.

O demônio tirava um pedaço e virava de costas. Não comia de frente de jeito nenhum. Pegava outro pedaço e se virava. O homem já estava agoniado com aquele comportamento do Ahiag̃, e acabou perdendo a paciência. Pegou as vísceras, que estavam bem quentes, e, quando o Ahiag̃ se virou, jogou-as em seu rosto. O bicho gritou de dor e morreu.

O homem se levantou e continuou a caminhar. Encontrou uma armadilha de pegar gente, feita pelos Ahiag̃. Curioso, foi mexer na armadilha com os dedos e ficou grudado nela. Tentou se desprender com as mãos e ficou mais grudado ainda. Tentou com as pernas e elas grudaram. O homem não conseguia mais se mexer.

Agoniado e com medo dos Ahiag̃, o homem pediu que as moscas pousassem nele e depositassem seus ovos no seu corpo. Com isso, ele se encheu de larvas por todas as partes.

Logo de manhã, um Ahiag̃ foi verificar a armadilha. Viu o corpo coberto de vermes e o levou para comer com outros companheiros. Colocaram o almoço em cima da mesa e se puseram a comer, deliciando-se com os vermes apetitosos que cobriam o corpo do homem. Foram comendo aos poucos e começaram a fazer festa, esquecendo-se do corpo. Quando o homem se viu livre da armadilha, rapidamente se levantou e saiu correndo, até encontrar um rio, onde se lavou.

    Finalmente ele voltou para casa, na sua aldeia, e pôde contar aos outros como tinha conseguido se vingar, matando dois Ahiag̃.

# O bacurau* Ahiag̃*
## (Tuwiarú)

Antigamente os bacuraus* eram Ahiag̃* e malinavam* com as pessoas. Muitas vezes até as matavam e as comiam. Sempre procuravam motivo para assombrar e se apossar da alma dos seres inocentes.

Era uma vez uma criança de três anos que chorava muito, a noite toda. Às vezes a mãe perdia a paciência e colocava o filho fora de casa, deixava-o no sereno, trancava a porta e ia dormir.

Sempre que a mãe colocava o filho para fora, a avó, sentindo pena do pobrezinho, pegava-o no colo e dormia com ele.

Uma noite, porém, a avó dormiu demais e não viu a mãe brigar com o filho e colocá-lo para fora. A criança então ficou chorando no terreiro, e seu choro despertou a malignidade do malvado bacurau Tuwiarú, que veio e a pegou.

A mãe, ouvindo o cessar do choro, pensou que a avó tivesse recolhido o neto e dormiu despreocupada.

De manhã cedo, a avó se levantou e procurou saber:

— Esta noite não ouvi o choro do meu neto!

— Como não? Então ele não foi para sua rede?

— Não sei de nada! Onde você o colocou?

A avó ficou desesperada. As duas foram ver no terreiro e, no lugar em que a mãe tinha deixado o filho, só encontraram fios de cabelo. O Ahiag̃ bacurau tinha comido a criança.

Ainda hoje, dizem que os bacuraus podem ser Ahiag̃, por isso muita gente tem medo deles. Quando aparecem no meio do caminho ou cantam nos terreiros das casas durante a noite, ninguém ousa mexer com eles nem lhes jogar pedra. Dizem que essa ave noturna tem o poder mais forte de Yurupary, o da maldição do agouro, e que, se alguém chegar perto dela, pode atrair sua malignidade, como aconteceu com a criança desta história.

# A mãe da sanguessuga
### (*Puy kangkag*)

Era uma vez uma mulher que gemia muito. Ela gemia a noite toda.

Essa mulher estava de resguardo. Não fazia muito tempo que tinha dado à luz uma criança, e por isso ficava deitada numa rede dentro de um quarto escuro. Não deixava ninguém se aproximar da criança, muito menos vê-la, pois dizia que se alguém olhasse para seu filho poderia dar quebranto. E a vontade da mãe era respeitada.

Os pais da mulher, porém, começaram a ficar muito preocupados com a filha.

– Por que essa mulher geme tanto? Hoje à noite eu vou dar uma olhada – disse a mãe.

Quando chegou a noite, a mãe acendeu a lamparina, entrou no quarto, sem fazer barulho, e alumiou a rede em que a filha estava dormindo, dando de mamar para o bebê. Para sua surpresa, viu uma imensa sanguessuga chupando o seio da filha. Espantada, a mãe gritou:

– O filho dela não é gente, é bicho!

Então ela correu até o marido e lhe contou o que tinha visto, em segredo, pois apesar do seu grito a filha não tinha acordado. O marido então falou:

– Deixe estar que amanhã mesmo vamos dar jeito nisso.

No outro dia, a mãe estava torrando farinha d'água na cozinha-de-forno*, enquanto o pai descascava mandioca amolecida na água, à beira do rio, e colocava no paneiro*. Então a mulher deixou seu filho dormindo no quarto, fechado com uma porta de japa'rana*, e foi para a roça arrancar makaxera* para fazer beiju. Mas antes de sair ela disse para ninguém mexer com a criança nem entrar no quarto, mesmo que ela chorasse.

A mãe, aproveitando que a filha não estava em casa, abriu o quarto, pegou a criança e a jogou na boca do forno onde ardia o fogo feito pelo marido. Quando a criança sentiu o calor, transformou-se em sanguessuga, que se retorcia no meio do fogo, soltando gritos horríveis e estridentes, de arrepiar qualquer um que ouvisse.

A filha não demorou para voltar. Quando ela chegou, sua mãe disse:

— Seu filho não é ente, é um bicho-visajento*!

A mulher, na verdade, tinha engravidado de um demônio Ahiağ* do tipo Karu'wara, que a flechara ao passar despercebido entre suas pernas quando ela estava menstruada.

Mas ela não se conformava com o que tinha acontecido, chorava e se lamentava o tempo todo. Vivia agoniada, falando baixinho, como se estivesse conversando em segredo com alguém que ninguém via. Depois de alguns dias, ela morreu.

# A cabeça visaje*
(*Ahiag̃ akag̃*)

Era uma vez uma mulher casada que começou a trair o marido. Ela já não dormia direito nem ficava com ele em casa. Todas as noites a mulher saía para as festas e ia atrás de outros homens para namorar. Algum tempo se passou sem ninguém desconfiar de nada.

Certa vez, porém, numa noite de lua cheia, houve uma grande agitação dentro do seu quarto. Os parentes ouviram o barulho e, estranhando o que estava acontecendo, entraram e perceberam um movimento inusitado no escuro. Acenderam a lamparina de breu de jatobá e, com espanto, viram o corpo da mulher caído no chão, sem a cabeça.

A cabeça tinha se desprendido do corpo e foi para o terreiro. Comeu os ossos velhos e os restos do jantar que estavam jogados ao redor da casa, perto das bananeiras. Quando ia amanhecendo, voltou para o corpo.

Os parentes, apavorados, tentaram fingir que não sabiam de nada. Mas, desde que viram a cena horrível daquele corpo mutilado, nunca mais conseguiram ficar bem.

Daí em diante tudo se tornou muito difícil. De noite sempre acontecia aquilo. De dia, cansada, a mulher não saía da rede. Ficava só dormindo.

Os irmãos lhe perguntavam:

– O que você tem? Não quer comer?

– Estou satisfeita!

– Se você não comer poderá morrer!

Mas ela nem ligava, ficava deitada na rede sem fazer nada. Porém, quando chegava meia-noite, novamente sua cabeça caía no chão, perto da rede, e lambia o sangue do próprio corpo como cachorro quando toma água. Depois rolava, saía para o terreiro e ia roer os ossos velhos, perto do jirau\* da cozinha. De manhã ela voltava. Ninguém mais vivia em paz. Os parentes vigiavam a mulher todas as noites, sem poder dormir. O que iam fazer?

– Isso não é gente! Se não fizermos alguma coisa, poderemos ser comidos. Ela não é mais nossa irmã. O Ahiağ\* deve ter se apossado do corpo dela.

A família então combinou o que fazer.

– Hoje à noite, quando a cabeça se desprender e sair andando por aí, vamos enterrar o corpo dela! Se não fizermos assim, um dia ela vai nos matar.

Chegando a noite, cavaram uma sepultura, sem a mulher saber. Quando a cabeça foi passear, enterraram o corpo dela. Mas o marido ficou lá para ver o que ia acontecer quando a cabeça voltasse.

Ao amanhecer, a cabeça voltou e, como não achou seu corpo, pulou no ombro do marido, que estava ali perto. O homem saiu desesperado. Correu, correu, sempre com a cabeça grudada no ombro. Ele batia na cabeça, ela se soltava, mas pulava de novo em seu ombro.

Passaram-se dias. O marido corria, tentava enganar a cabeça, mas não conseguia. Toda vez que ele ia comer alguma coisa, a cabeça da mulher comia tudo, não deixava nada para o marido. Um dia, ele viu uma castanheira bem alta e disse:

– Espere aqui embaixo que eu vou apanhar castanhas para nós.

Era só para enganar aquela cabeça. Ele queria fugir, na esperança de que alguma caça passasse e a cabeça quisesse acompanhá-la. Trepou até a guia e de lá ficou olhando.

Depois de algum tempo, uma anta passou embaixo da castanheira. A cabeça da mulher viu aquele belo animal e pulou nas suas costas. Lá em cima, o marido ficou muito contente, pois tinha se livrado da cabeça visaje e podia ir embora.

Quando a anta sentiu aquela cabeça grudada em suas costas, começou a correr desesperada, e nunca mais teve paz. Sempre que achava alguma comida, não tinha tempo de comer, pois a cabeça comia tudo na mesma hora. Por isso, a anta foi emagrecendo e morreu.

Então o urubu veio devorar a anta morta. A cabeça estava só esperando, comendo o resto de sua antiga hospedeira. Quando o urubu se aproximou, a cabeça pulou no seu ombro e grudou nele. O urubu passou a ter duas cabeças.

Assim como tinha acontecido com o marido e com a anta, o urubu se desesperou, mas não teve jeito. Aonde o urubu ia, a cabeça queria comer toda a carniça que ele encontrava.

— Puxa, comadre, vamos fazer um acordo, você não pode comer tudo! Se eu ficar sem comer, vou acabar morrendo. Se eu voar bem alto e cair lá de cima, você vai morrer junto comigo. É melhor dividirmos!

A cabeça aceitou a proposta, e até hoje o urubu tem duas cabeças: uma visível, que serve para olhar, e outra fantasma, a do Ahiag̃, que serve para comer. Por isso ele come tudo quanto é carniça velha que encontra.

# História da mulher de parto
## (*Maḡká'i Ahiaḡ iwiwo*)

Numa região longínqua, morava um casal que acabara de se casar. Havia alguns dias a mulher dera à luz uma criança, por isso estava de resguardo.

Segundo a tradição mawé, mulher de resguardo é proibida de comer carne de caça e de pesca, só podendo comer algumas espécies de frutas, pikiá*, urupé* e castanha de caju. Então, o marido dela saiu para a floresta à procura de pikiá.

Quando soube que o marido havia saído à procura de pikiá para levar para a mulher, o Ahiaḡ* o seguiu. Lá dentro da mata, o Ahiaḡ o encontrou e o matou. Depois esquartejou o rapaz e o colocou no yamaxy* dele mesmo. Pôs o yamaxy no ombro e o levou de volta para a casa da mulher. Chegou ao terreiro às seis horas da tarde, já ao pôr-do-sol. Então o Ahiaḡ tomou a aparência do marido morto e gritou lá de fora:

– Ô de casa! Cheguei com a janta!

Entregou para a mulher do rapaz o yamaxy com o corpo e disse:

– Aqui está o yamaxy com o pikiá!

A mulher desceu da rede onde estava embalando o filho e foi ver. Quando ela pegou o yamaxy, viu que era o corpo do marido, cheio de sangue. A mulher levou um susto mas não falou nada. Ela pensou:

– Esse não é meu marido, é um Ahiağ, espírito maligno!

Como já era noite, o bicho pediu que a mulher preparasse a carne do marido para comer. Como ela estava com a criança recém-nascida nos braços, o demônio pediu para segurar o filho enquanto ela preparava a janta. De vez em quando o Ahiağ beliscava a criança, tentando tirar seu sangue para beber aos poucos. A criança começou a chorar, e era isso mesmo que o monstro queria.

A mãe, desconfiada, procurou logo um jeito de fugir de lá com o filho. Então soprou o fogo da panela e foi pegar o menino.

– Espere um pouco, ele está querendo defecar – ela disse.

O demônio não desconfiou de nada e ficou na rede, esperando a moça limpar o filho. A mãe pegou um tição em brasa e foi com a criança para um canto escuro do quintal. Lá ela colocou o tição em cima de um toco de pau.

De vez em quando o demônio chamava:

– Venha logo, mulher!

Ela respondia:

– Calma, ele ainda não terminou!

De onde estava, o monstro não conseguia ver a mulher, só via a brasa do tição. Por isso, ela orou ao seu espírito protetor para que ele fizesse o tição falar. E o tição se pôs a falar, enquanto ela fugia com a criança para dentro da floresta.

Quando o bicho chamava, o tição respondia. Pensando que fosse a voz da mulher, ele continuava na rede, despreocupado.

Enquanto isso, a mulher, desesperada, corria para bem longe. Até que o monstro chamou mais uma vez e a brasa respondeu com voz bem fraquinha, pois já estava apagando.

O Ahiag̃, desconfiado com a demora da mulher, desceu para o quintal. Quando viu que era a brasa que respondia, ficou com muita raiva. Transformou-se em monstro novamente, com olhos chispando fogo e unhas grandes, e saiu em busca da mulher.

Mas a mulher já sabia que o bicho estava atrás dela e, quando passou perto do sapo Ó'ók, que estava fazendo sua casa em cima de uma árvore, pediu que ele a escondesse, pois estava fugindo do Ahiag̃ que tinha matado o marido dela.

Mas o sapo Ó'ók respondeu:

– Eu não posso ajudá-la agora, pois ainda estou fazendo a minha casa e, também, não quero problemas com os demônios de Yurupary.

Então a mulher continuou a caminhada.

Lá adiante, encontrou outro sapo, o sapo Mag̃ká'i, que cantava em cima de uma árvore à beira do caminho. A moça implorou que ele tivesse piedade e a escondesse, pois logo o demônio a alcançaria e a mataria.

– Eu vou salvar você – disse o sapo –, mas só se você prometer se casar comigo!

Ela disse que se casaria com ele, e o sapo Mağka'i, que também é entidade da floresta, se transformou em gente. Como ele tinha cabelo comprido, desprendeu-o e pediu para a moça subir por ele para dentro de sua casa. A moça subiu.

Quando o Ahiağ chegou, procurando pelo rastro da moça, parou embaixo da árvore onde ficava a casa de Mağka'i e chamou por ele:

– Mağka'i, cadê a moça que você escondeu? Eu estava perseguindo a moça para comê-la e as pegadas dela terminam aqui, diante de sua árvore. Se você a escondeu, entregue-a. Não se meta comigo, senão vou comer você também! Quero a moça agora!

– Aqui não tem ninguém. Se quer ver, pode entrar!

Então o bicho foi olhar dentro da casa. O sapo, que era esperto, ficou esperando o demônio passar pela porta para jogar urina nos olhos dele.

Quando a urina do sapo molhou o olho do Ahiağ, o demônio gritou desesperado de dor. Saiu tonto pela varanda da casa, acabou caindo lá de cima e morreu.

A moça estava salva. Feliz e agradecida ao sapo, ficou morando com ele. Os dois ficaram juntos por muito tempo, cuidando do menino, pois o sapo tinha prometido tratá-lo como se fosse seu filho.

# História do Kurupyra, o dono das caças
## (*Kurupyra ka'at haría sehay*)

Um dia um caçador se perdeu na mata. Quando a noite chegou, ele se amoitou num jirau\* de juçara\*, que servia como mutá\*, onde os caçadores ficavam esperando a caça, feito em cima de uma árvore bem grande, de raízes enormes. Lá ele amarrou uma rede provisória, feita de envira, e dormiu.

À meia-noite, o dono das caças, chamado Kurupyra, veio batendo nos troncos e nas sapopemas\*, com um grande cacete de jacarandá.

Ele batia, batia, o barulho das batidas ia chegando cada vez mais perto, até que parou por um momento. De repente o Kurupyra apareceu e bateu justamente na árvore onde estava o caçador. O homem se espantou e quase despencou de tanto susto. O Kurupyra bateu de novo e percebeu que tinha alguém em cima daquela árvore.

– Oi, meu parente, é você que está aí?

— Sou eu, camarada. Eu me perdi, veio a noite, e aqui fiquei. Não sei onde é o caminho de casa!

— Você não está perdido! — disse o Kurupyra. — Você está bem próximo do caminho da sua aldeia, basta sentir o vento que sopra do rio.

— Muito obrigado, compadre!... Mas só vou de manhã.

— Então tudo bem.

Assim, conversando com o caçador, o Kurupyra disse que estava com muita fome.

— Olha, primo, você tem que cortar seus dedos para eu comer!

O caçador ficou apavorado, sem saber o que fazer. Então, como tinha matado um macaco guariba, pegou um terçado* e foi cortando os dedos do animal, um por um, e dando para o Kurupyra. Quando terminaram os dedos das mãos e dos pés, o Kurupyra pediu-lhe o fígado. O caçador arrancou o fígado da guariba.

– Agora sim, estou satisfeito – disse o Kurupyra.
O caçador respondeu:
– E agora quem está com fome sou eu, camarada! Faça como eu, corte os seus dedos também.
O Kurupyra foi cortando os seus próprios dedos, das mãos e dos pés. Quando acabaram os dedos, o caçador pediu que ele tirasse o fígado. O Kurupyra levou a sério, enfiou o terçado em si mesmo e caiu morto. O caçador ficou preocupado a noite toda.
– Não vou mais ter paz, a visaje* do Kurupyra vai ficar atrás de mim para vingá-lo.
Quando amanheceu, o Kurupyra havia se transformado numa casa de cupim, com a forma de seu corpo. Bem dentro do cupinzeiro havia um dente branco, mas o caçador não quis pegá-lo. Desceu da árvore, saiu andando e encontrou o caminho que o dono das caças havia indicado. Em casa, ele entregou para a mulher a guariba sem os dedos das mãos e dos pés e sem o fígado, e contou o que tinha acontecido.
Dois dias se passaram, e nada mais dava certo para o caçador. Seus animais morriam, seus cachorros gritavam a noite inteira, como se estivessem apanhando. Então ele lembrou:
– Deve ser a maldição do Kurupyra.
O caçador voltou até o lugar onde o Kurupyra tinha morrido para ver como estava. Chegando lá, viu o dente branco no meio do cupinzeiro, que continuava em forma de corpo. Com um pauzinho, o caçador deu uma batida no dente e aos poucos o Kurupyra foi voltando à vida. Já transformado em ser vivo, ele abriu os olhos.

– Muito obrigado – disse o Kurupyra –, você me fez reviver, não vou continuar lançando a minha maldição sobre você. Agora quero convidá-lo para visitar a minha casa.

– Pois eu vou, sim – disse o caçador.

A casa do Kurupyra era muito bonita, e no terreiro havia todas as espécies de animais de caça, alguns aleijados de tiro de espingarda, alguns mortos, alguns curados e outros quase já sem vida.

– Está vendo todos esses animais? Quando vocês caçam com arma de fogo acontece isso com eles. A maioria morre porque não consigo salvá-los. Eles vêm feridos para cá, à procura de remédios, e eu é que tenho que cuidar deles. Peço a vocês que, quando forem caçar, matem de uma vez, não os deixem assim feridos e não atirem à toa, pois eles sofrem muito desse jeito.

Era como se estivessem num hospital de animais. Chegavam bichos doentes de todos os lados. Ao ver aquilo, o caçador ficou com pena, arrependido, e se desculpou com o dono das caças.

– Meu amigo, eu não sabia do mal que estava causando. Quero fazer alguma coisa para reparar o meu erro.

Assim, junto com o Kurupyra, o homem curou vários animais naquele dia, até chegar a noite. Então eles dormiram.

De manhã, o caçador se despediu do novo amigo e disse:

– Amigo Kurupyra, a minha espingarda não está funcionando direito, atiro na caça e não mato, não sei por quê. Você sabe o que devo fazer para matar de uma vez para que os animais não fiquem sofrendo?

— Mostre sua espingarda — disse o Kurupyra.

Pegou o cano da espingarda e de dentro dele tirou um bocado de sangue.

— É por isso que você não conseguia matar. O cano da espingarda estava cheio de sangue da mãe-natureza. A culpa é de vocês, humanos, que não escolhem a caça e matam mais animais do que precisam. Com isso, a mãe-natureza sofre e sua vida esvai-se aos poucos, transformando-se em sangue, como esse que tirei do cano da sua espingarda. Mas eu tenho uma arma de caça melhor do que sua espingarda: um arco e umas flechas. Vou dá-la para você usar. Quando você avistar uma moita de cipó, pode flechar. Mesmo que você não enxergue nada, as flechas vão matar guariba, anta, paca, tatu, cutia, todos os tipos de caça.

O Kurupyra entregou a arma mágica ao caçador e recomendou:

— Fique com essa arma, mas tenha cuidado para ninguém ver. Se algum dia alguém pegá-la, ela voltará às minhas mãos. Faça um esconderijo para ela.

O caçador voltou para casa levando o arco e as flechas dados pelo amigo. Com aquela arma, ele pegava todo tipo de caça, jamais voltava sem nada. Todo o mundo perguntava como ele conseguia aquela proeza e com tanta facilidade. Mas ele não revelava nada para ninguém.

Até que, um dia, parentes invejosos o seguiram para ver o que ele fazia. Viram o caçador usar a arma e depois escondê-la no buraco de uma samaumeira*. Esperaram até ele se afastar e a pegaram. Então saíram matando tantos animais, tantos, que logo já não se via caça em nenhum canto daquela região.

Depois os parentes do caçador puseram a arma no lugar, mas ela voltou para o primeiro dono, o Kurupyra. No dia seguinte, o caçador foi buscar as flechas e o arco e não os encontrou. O jeito foi voltar a caçar com espingarda, mas ele não conseguia caçar mais nada. Ficou tão azarado que aos poucos foi emagrecendo de tristeza, até acabar morrendo, sem descobrir o que tinha acontecido com sua arma e quem lhe tinha causado aquela triste sorte.

## As duas cobras encantadas
(*Mói wató sehay*)

Há muito tempo, uma mulher Mawé, pertencente ao clã Sateré, da região do Tapajós, engravidou misteriosamente quando estava tomando banho na beira do rio durante um temporal. Ela começou a sentir tonteira, e seu corpo ficou todo liso e melado.

Toda vez, quando chegava a boca da noite, ela se contorcia toda e brigava porque queria sair correndo e se jogar no rio. Seus parentes é que não deixavam. Chamaram alguns pajés* e feiticeiros para curá-la, mas nada deu certo. Sua barriga começou a crescer e ninguém sabia quem era o pai daquela criança. Os pajés acharam que tinha sido obra de Ahiağ*, mas, pelas características do encantamento, era mais certo dizer que aquilo era obra de Sukuyú'wéra, a mãe das cobras, espírito das águas.

Passou-se tempo, até que chegou o dia em que a mulher deu à luz um casal de gêmeos. Quando os viu, a parteira quase morreu de susto. A mulher começou a chorar. Seus filhos não tinham forma humana. Eram duas serpentes escorregadias que deslizavam das mãos da parteira. A mulher deu a eles os nomes portugueses de Honorato e Maria.

Depois, como os filhos não poderiam viver na terra, a mulher jogou-os no rio, para se criarem. Muito tempo se passou, as duas cobras cresceram pelos lagos e rios da região. Todo o mundo ficou sabendo do acontecido, mesmo aqueles que não eram índios e que moravam nas cidades de Santarém, Óbidos e Parintins, e as pessoas chamavam os irmãos de Cobra-Norato e Maria-Kaninana.

Cobra-Norato, o macho, era forte e bom. Não fazia mal a ninguém, pelo contrário: não deixava que as pessoas morressem afogadas, salvava os barcos dos naufrágios, matava as grandes piraybas* que tentavam engolir gente que nadava nos rios. Enfim, ele só fazia o bem para os humanos.

Cobra-Norato viajava pelos rios do baixo Amazonas. Passava dias subindo o rio-mar, até chegar à ilha Tupinambá'rana, onde fica Parintins. Lá, ao cair da noite, ele se transformava em um rapaz moreno e bonito para namorar as kunhã-porangas* que bailavam nos terreiros alumiados por lamparinas em tempo de boi-bumbá.

De vez em quando, Cobra-Norato ia visitar a mãe no território dos Mawé, onde havia nascido. De noite, quando era tempo de lua cheia, ele saía da água, arrastando o seu corpo enorme e brilhante, refletindo o kawrê* do luar. Então, deixava o couro de serpente à beira do rio e transformava-se em gente. De madrugada, quando ouvia o primeiro cantar do galo, ele voltava ao rio, metia-se dentro da pele e escorregava para a água sem que ninguém o visse. Daí voltava a ser Cobra-Norato.

Maria-Kaninana era muito diferente do irmão. Não era boa, fazia questão de mostrar sua maldade, atacando os barcos de recreio, os regatões que desciam os rios para vender suas mercadorias, enfim, todos os tipos de embarcação. Ela afogava as pessoas que caíam no rio, matava os peixes para os pescadores não poderem pescá-los e nunca ia visitar a mãe.

Honorato sempre aconselhava à irmã que deixasse de ser ruim, mas ela não ouvia. Dizia que jamais iria mudar seu comportamento, e isso ia fazendo o irmão perder a paciência.

Um dia, quando Maria-Kaninana estava comendo as vítimas de um naufrágio, Cobra-Norato investiu contra ela e a cegou de um olho. Ela parou de atacar os náufragos e se foi, varando os aningais*, até chegar a um lago chamado Tapai'una, nas bandas do paraná\* do Ramos. Mas Maria-Kaninana não largou a ruindade. Ficou amuada e decidiu se vingar do irmão.

Depois de alguns dias, ela saiu daquele lugar fazendo um enorme estrondo. Foi arrastando barrancos, jogando banzeiro\* em terra, até que abriu um furo largo e profundo, que hoje chamam de Furo da Boiaçu. Depois passou a atacar uns pescadores que tarrafeavam na boca do paraná do Limão, próximo a Parintins.

Cobra-Norato ficou sabendo e foi até lá. Ao ver Maria daquele jeito, não se controlou e a matou. O corpo de Maria então se desencantou, e ela se transformou em uma moça bonita e serena, bem diferente daquela cobra má, que metia medo em todo o mundo.

Honorato ficou muito triste. Esperou chegar a noite, ergueu o corpo da irmã nos braços, levou-o a um lugar solitário, em frente ao lago do Aninga, e assim Maria pôde descansar em paz. Honorato jurou nunca mais voltar àquele lugar. Foi embora, descendo o rio Amazonas, e parou lá para as bandas de Óbidos, no estado do Pará.

Uma noite, Honorato se transformou em gente e foi a uma festa na cidade. Lá ele fez amizade com um soldado e lhe segredou sua verdadeira identidade. O soldado se compadeceu dele e prometeu ajudá-lo a se desencantar. Só que o preço do desencanto era muito alto, a grande serpente tinha que morrer, e o soldado temeu pela vida do rapaz. Mas Honorato disse que estava desesperado, que não agüentava mais viver daquele jeito. Queria ser humano, poder casar e ter filhos, deixar o sol bater em seu rosto. Não queria mais viver no escuro e só sair durante a noite.

Vendo Honorato naquela aflição, o soldado prometeu fazer o que o rapaz lhe pedia. Honorato avisou que ele deveria ter muita coragem e não se desesperar quando visse o monstro de que todos os espíritos tinham medo.

Honorato ensinou ao soldado como desencantá-lo.

– Você deve cortar a ponta do seu dedo, empoquecá-lo com um pouco de sal e esperar armado com uma pistola, na praia onde vamos combinar. Então você terá de me matar. Mas por favor não erre o tiro. Se errar, não poderei salvá-lo, pois a minha parte de cobra é mais poderosa e vai querer matá-lo.

Honorato combinou de se encontrar com o soldado à meia-noite da lua minguante, numa praia que ficava à beira do lago Tawaçu.

Quando foi meia-noite, Honorato apareceu à beira do lago para ser desencantado. Seu corpo foi serpenteando e se aproximando do soldado. O soldado estremeceu quando viu aquela cobra gigantesca na frente dele. Tremia muito, mas sabia que aquela era a hora. Não podia errar. Mirou e atirou. Em seguida atirou no dedo cortado e empoquecado* com sal e ficou esperando a reação do monstro. A cobra imensa se debateu, gemeu horrendamente e caiu morta, perto de onde estava o soldado.

Depois de algumas horas, quando a lua minguante já ia sumindo e aparecia a primeira claridade da manhã, o soldado viu o corpo da cobra se esvaindo e dando forma a um corpo de gente, desfalecido na areia da praia.

O soldado correu para acudir o rapaz, chamando-o pelo nome:

– Honorato! Honorato! Acorde, meu amigo!

Então ele viu os olhos de Honorato brilharem. O rapaz estava vivo. O doloroso encantamento havia sido quebrado.

Os dois se abraçaram de alegria e choraram de felicidade. Então era verdade. Honorato Cobra-Grande já não existia, agora existia Honorato, apenas Honorato, cheio de gratidão ao amigo que o tinha salvado.

Os dois foram embora daquele lugar, e o rapaz viajou depressa para ver a mãe, que chorava diariamente por causa da infelicidade dos filhos. Encontrou-a sentada num banco, na frente da casa. Quando a mãe o viu, em pleno meio-dia, não quis acreditar. Mas Honorato a confortou e disse que era ele mesmo. A mãe o beijou e agradeceu aos céus o milagre que havia acontecido.

Só então Honorato contou o que tinha acontecido com a irmã Maria, não Kaninana, só Maria. Disse que sentia muito a morte da irmã, que não conseguia esquecer como ela se desesperava tentando romper seu encantamento, e que ela só teve descanso quando o próprio irmão a matou.

Finalmente Honorato pôde ser gente. Viveu feliz com sua mãe, casou-se, teve filho, mas sempre se lembrava da irmã que ele tanto amava.

# A assombração da floresta
## (Wag̃kag̃kag̃)

Dois amigos muito apegados um ao outro trabalhavam com um grupo de extratores de pau-rosa. Certo dia, saíram pelos centrões da floresta à procura da madeira para a serraria.

Junto com outros companheiros, entraram numa região distante, abriram várias picadas na mata, pela cabeceira do rio Mawés-açu, depois procuraram um lugar próximo a uma gruta para descansar e armar o acampamento. Fizeram uma fogueira e ataram suas redes entre troncos de árvores próximas umas das outras, formando um círculo, para dormirem seguros caso se aproximassem onças ou jibóias gigantes procurando vítimas.

Passaram-se alguns dias, os trabalhadores já tinham vasculhado todo o local do acampamento e nada de encontrarem pau-rosa. Até que, para mais uma tentativa, eles se dividiram em duplas. Então o capataz falou:

— Companheiros, não demorem muito, pois ao entardecer iremos embora para o outro acampamento.

E eles se foram.

Os dois amigos saíram juntos pela mata conforme as ordens do capataz. Andaram muito e acabaram perdendo a hora de voltar para o acampamento. Também tinham perdido o caminho. Começaram a tentar todas as picadas, mas era em vão, acabavam só andando em círculo. Já estavam cansados e desesperados.

Só à noite, após muitas tentativas, conseguiram avistar o caminho certo e voltaram ao acampamento. Chegaram lá no meio da noite, camuflados pela escuridão da mata, sem enxergar quase nada. Não encontraram mais a fogueira feita pelos companheiros, que tinham partido deixando os dois para trás.

Abatidos, acharam melhor passar a noite ali mesmo, para saírem de manhãzinha à procura do resto do grupo. Ataram de novo as duas redes, uma em frente da outra, fizeram uma fogueira entre elas e adormeceram.

De madrugada, um dos companheiros começou a tremer muito. Ele havia pegado malária, pois tinha dormido perto de um buraco de abacaxy'rana*, onde a água de chuva prolifera karapanã*.

O homem amanheceu muito doente, sem poder seguir viagem naquela situação. O amigo que estava bem não queria deixar o companheiro para trás e resolveu ficar alguns dias ali, para ver se o outro melhorava.

Passaram-se dias, e nada de o doente melhorar para seguirem viagem. Ele piorava cada vez mais. Já não comia, não conversava, agonizava na rede, sem poder andar. Estava magro e amarelo.

Então o amigo que estava bem disse:

— Companheiro, estou muito preocupado com você, não sei mais o que fazer para curá-lo dessa doença. Você já não come, nossa munição acabou, estamos sem segurança. O jeito mesmo é seguir caminho. Vou tentar achar o resto do grupo e encontrar um remédio para lhe trazer.

Mas o doente retrucou:

— Não me deixe morrer aqui, compadre! Juro que vou comer novamente para seguir viagem com você. Espere só esta noite.

O homem acatou o pedido do amigo e passaram ali mais uma noite. Mas o companheiro doente voltou a recusar a comida da janta. O outro fez um caldo e misturou com um pouco de farinha de mandioca que restava, mas o doente não conseguia engolir. O amigo não reclamou.

O doente adormeceu logo, mas o outro permaneceu acordado, pensando numa maneira de curar o amigo. Notou que o fogo havia apagado, depois adormeceu. Já era meia-noite quando ele acordou por acaso e viu que a fogueira estava acesa. Não se mexeu. Ficou só olhando, e qual não foi seu espanto quando viu o companheiro doente sentado na rede, perto do fogo, assando uma parte de sua própria perna.

Tremeu de medo, mas ficou quieto e não deu parecer de que estava acordado. O doente tinha pegado a perna, colocado em cima do fogo, e ela estava assando. Depois, ele recolheu a perna e começou a comê-la, como se estivesse comendo uma deliciosa carne de veado. Depois de comer toda a carne, pegou uma faca e se pôs a apontar o osso da canela.

Apontou o osso bem apontado e, em seguida, foi encravá-lo no toco de uma árvore próxima. Então ele disse:

– Pronto, agora é só esperar.

Ao ouvir isso, o outro quase teve um ataque do coração. Ficou com muito medo e começou a pensar numa maneira de fugir dali, pois na certa aquilo seria para ele. Seu amigo já não era gente, era um bicho que tinha se apossado do seu corpo. Tinha morrido durante a noite e estava conversando com um demônio. O homem pensou em Deus, fez uma oração e esperou. Depois de fincar a canela no toco da árvore, o demônio foi se deitar, mas antes a cobriu com um lençol para o outro não perceber.

O homem que estava bem viu tudo, fez que acordou e se levantou. Quando ficou em pé, ele disse:

– Meu amigo, espere um pouco que eu vou urinar.

O bicho respondeu:

– Pode ir, meu compadre, mas não demore nem vá muito longe.

O homem foi, e o bicho ficou vigiando para não perdê-lo de vista. Chegando perto de uma clareira, o primeiro falou:

– Vou ali no olho d'água tomar um banho para me refrescar, pois está muito quente.

O bicho não gostou da idéia, pois o olho d'água era muito escuro e não daria para ele vigiá-lo bem. Mesmo assim, ele disse:

– Está bem, mas não demore, pois não estou gostando nada disso!

O homem saiu andando, cada vez mais rápido. O bicho desconfiou, levantou da rede e, quando viu, o homem já ia correndo longe. Muito zangado, ele disse:

– Ele descobriu tudo, vou matá-lo agora mesmo!

E, com uma perna só, o bicho saiu atrás da vítima, que fugia desesperada, caindo e se levantando, tropeçando nos troncos e barrancos invisíveis na escuridão. Conseguiu se pôr a salvo por algum tempo, mas, com muita cãibra, parou de correr e ficou pensando em como poderia sair daquela floresta. De repente, viu o Ahiag̃* se aproximando dele. Voltou a correr desesperado, ouvindo os gritos do bicho no seu encalço.

O homem correu, correu, e, quando o bicho já estava quase para pegá-lo, chegou à beira de um rio e viu uma canoa encostada na ponte. Sem pensar duas vezes, pulou dentro da canoa e com o pulo arrebentou a corda que a amarrava. Distanciou-se bastante para se pôr a salvo.

Ao chegar, o bicho ainda tentou alcançar a canoa, mas não conseguiu. Ficou ali na beira, olhando o homem que ia pela água.

Já com aparência de bicho, com uma cara feia, presas pontiagudas, olhos pegando fogo e unhas afiadíssimas, ele disse ao homem:

– Kê te var*, kê te var! Se não fosse essa canoa aqui na beira, tu serias a minha comida!

O homem, já longe, foi remando rumo à boca do rio, distante, muito distante do Bicho que Yurupari* faz existir para perturbar a vida das pessoas que se aventuram pela floresta.

# A vingança do companheiro-do-fundo*
(*Wipakawa puihak sehay*)

Havia uma família que morava à margem de um rio. Na frente de sua casa havia um grande redemoinho, ou remanso*, daqueles de alagar qualquer embarcação que passasse.

No meio desse redemoinho repousava uma grande árvore seca, milenar, rodeada de capins aquáticos, kana'ranas* e peremembekas*. Ninguém jamais se arriscava a ir até lá, no entanto era o lugar onde mais se ouvia barulho de peixe em toda a região. Boiando, pulando e lambando no ar, os peixes eram perseguidos pelos botos, senhores absolutos daquele remanso.

Certo dia, o marido, que era pescador, falou à mulher:

– Preciso pescar e já não há peixe para se pegar. O jeito é tentar pegar mesmo aqui na beira!

Então ele pegou o arpão, as flechas e saiu. Embarcou na canoa e, depois de algum tempo sem conseguir pegar nem sequer uma piaba, entrou na borda daquele remanso. Aborrecido por não ter pegado nada, começou a lançar à toa sua izagaia*, pensando em acertar algum peixe ao acaso. Nada.

O pescador já ia voltando, quando viu um boto-rosa que se afastava do cardume dos outros botos do remanso. Não teve dúvida: pegou sua arma e o arpoou nas costas.

Os outros botos fugiram, enquanto o boto arpoado se debatia ao lado da canoa do pescador, que remava para a beira, onde estava sua esposa.

– Mulher, vamos comer isso aqui mesmo. Nunca comemos, mas há sempre a primeira vez.

No entanto, a mulher se recusou a preparar o boto. O homem teve que procurar castanha para comer, e esqueceu o animal arpoado agonizando perto da canoa.

O dia se passou. Ao anoitecer, sem que o casal soubesse, vieram muitos outros botos chorar próximo ao cadáver, lamentando sua morte. Quando deu meia-noite, hora em que a lua cheia refletia o kawrê* na escuridão, um daqueles botos saiu do rio. Transformou-se em gente e subiu na direção da casa do pescador. Olhou pela janela e viu o homem dormindo. Então ele chamou lá no terreiro:

– Ô de casa! Acorde que está na hora de ir!

Só o marido acordou. Enquanto a mulher dormia, levantou-se, pegou a lamparina e saiu para ver o que aquele desconhecido queria.

Quando abriu a porta, o estranho falou:

– Eu vim para levar você!

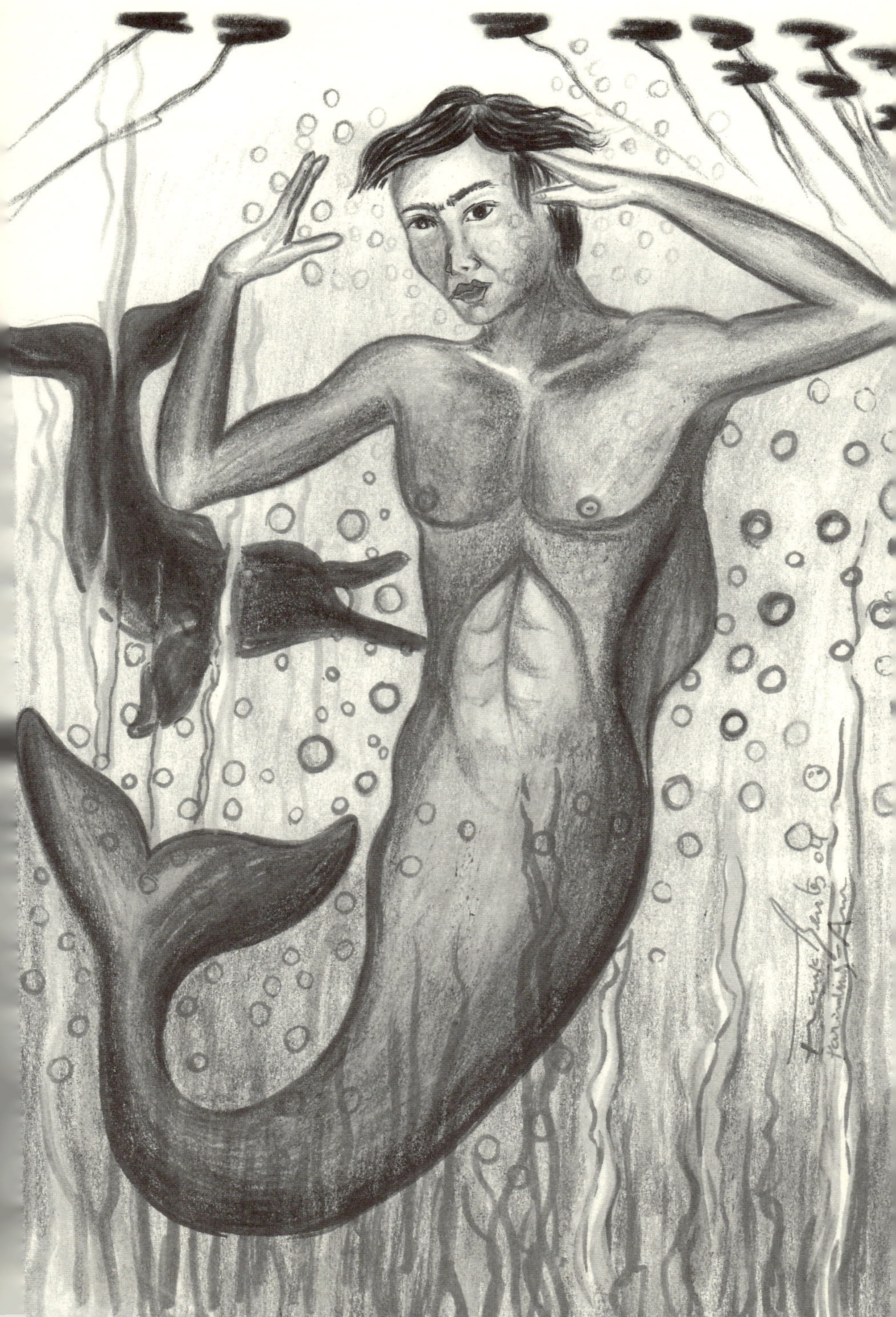

– Para onde?

– Para a cidade encantada dos companheiros-do-fundo! Você merece ser castigado, pois aquela bota que você arpoou era minha esposa. Terá que pagar pela vida dela!

O homem levou um susto. Nem se tinha dado conta de que aquele animal que matara era fêmea. Mas não reagiu.

Os dois desceram para a beira e, quando o pescador viu que aquele boto morto em seu porto havia se transformado em uma bela moça, pediu desculpas ao estranho.

– Desculpas não adiantam mais. É inútil lamentar, agora só resta vir comigo!

O estranho pegou o homem pelo braço e o levou para o fundo do rio.

*Fim*
*Opáb*
*Ikahuró*

# Glossário

Glossário de termos do sateré, da língua geral
e regionais amazônicos.

*A grafia dos termos deste glossário foi estabelecida pelo autor. Os termos sateré estão marcados por (s) e os da língua geral por (lg). Os demais são termos regionais amazônicos. A grafia dos termos encontrados em dicionários da língua portuguesa está registrada no final do respectivo verbete, entre colchetes.*

**abakaxy'rana** (lg) – bromélia.
**abiu'rana** (lg) – árvore amazônica, típica de terra firme. Em língua geral significa "falso abiu" [abiurana].
**Ahiağ** (s) – demônio, em língua geral Anhãgá. Um dos vários demônios da mata que seguem Yurupary e que gostam de malinar com os humanos [Anhangá].
**aningal** – grupo de aningas. A aninga é um tipo de planta da família das aráceas.

**bacaba** – tipo de palmeira e o fruto dela.
**bacurau** – pequeno pássaro cinzento.

**balata** – látex extraído de uma árvore também chamada balata.
**banzeiro** – série de ondas provocadas no rio, que vão se quebrar violentamente na margem.
**basapó** (lg) – bebida alcoólica, semelhante ao kaxiry.

**cajila** – amuleto da sorte benzido por pajés e curandeiros.
**carão** – tipo de pássaro, o mesmo que biguá ou miuá.
**casola** – lugar coberto com trepadeiras e capins, usado como esconderijo.
**chavascal** – mata de espinheiros e outras plantas silvestres.
**companheiro-do-fundo** – a ordem dos botos encantados, que vivem nas cidades submersas.
**cozinha-de-forno** – casa de farinha, lugar onde se fabrica farinha.

**debukiry** (lg) – festa, banquete, reunião.
**descunforme** – exagerado [desconforme].

**empoquecar** – enrolar, envolver.
**estrepolio** – bagunça, zoada.

**gaponga** (lg) – instrumento de pesca usado para atrair os peixes (ver karamury).
**gapongar** – atrair um peixe com o karamury.
**Guaracy** (lg) – Sol.

**izagaia** – lança, flecha provida de tridente.

**japá** (lg) – esteira de palha para cobrir ou servir de porta.
**japa'rana** (lg) – porta feita de palha.
**jirau** (lg) – estrado feito de varas.
**juçara** (lg) – tipo de palmeira.
**juma** (lg) – entidade da religião sateré, ser parecido com o humano, porém mais alto. Não é bom nem mau, mas é capaz de matar para proteger seu território de caça. Sua lenda é muito conhecida em todo o baixo Amazonas.

**kamút** (s) – recipiente usado como balde ou cantil.
**kana'rana** (lg) – capim alto, típico de várzea da Amazônia. Em língua geral significa "falsa cana".
**karamury** (lg) – instrumento de pesca que consiste numa fruta amarrada num pauzinho. Jogado na água, produz um som parecido com o bulir de um peixe ou a queda de uma fruta, atraindo os peixes.
**karapanã** (lg) – mosquito, pernilongo [carapanã].
**karaxué** (lg) – sabiá [caraxué].
**kawrê** (lg) – luz da lua refletida na água.
**kaxiromba** (lg) – bebida semelhante ao kaxiry [caxiromba].
**kaxiry** (lg) – bebida fermentada feita de batata ou makaxera [caxiri].
**kê te var [ou ke te vá]** – em linguajar amazônico, maneira de dizer "desta tu escapaste".
**kisé** (s) – faca.
**kunhã-poranga** (lg) – moça bonita [cunhã-poranga].
**kuruperê** (lg) – córrego, riacho.

**limão'rana** – falso limão.

**mahy** (s) – cachaça, bebida alcoólica.
**makaxera** (lg) – mandioca doce [macaxeira].
**makukawa** (lg) – ave preta e branca, da família dos galináceos [macucaua].
**malhadeira** – rede de pesca.
**malinar** – brincar com a desgraça do outro, fazer brincadeira maligna.
**manguaça** – pinga.
**Mapinguary** (lg) – demônio gigantesco que tem a boca no estômago.
**mukuim** (lg) – animal minúsculo, da mesma família que o carrapato [mucuim].
**mutá** (lg) – mesa, estrado de varas suspensas em cima de uma árvore.

**pajé** (lg) – o sacerdote, o curandeiro.
**paneiro** – cesto de trançado largo.
**paraná** (lg) – rio, braço de rio.
**peremembeka** (lg) – planta aquática, também chamada de aguapé [peremembeca].
**pikiá** (lg) – fruto da árvore de mesmo nome, amarelo e de polpa comestível [pequi, pequiá].
**pikuá** (lg) – pequena cesta de pesca [picuá].
**piná** (s) – anzol.
**pirayba** (lg) – maior peixe de couro da Amazônia [piraíba].
**poronga** (lg) – lamparina.

**remanso** – na Amazônia, contracorrente junto às margens do rio, causada por pontas de terra ou enseadas, provocando redemoinhos.

**samaumeira** – tipo de árvore, grande e frondosa.
**sapopema** – raiz grossa e chata.
**sukurijú** (lg) – serpente muito grande, chegando a ter quinze metros, que mata suas vítimas apertando-se em torno do corpo delas [sucuri].
**sulapa** – vão ou buraco nas margens dos rios.

**tagapema** (lg) – porrete, cacete.
**tangury'pará** (lg) – pássaro canoro amazônico, chamado por alguns de galo-da-serra.
**tapiry** (lg) – cabana provisória [tapiri].
**tawary** (lg) – cigarro de palha, feito da árvore do mesmo nome [tauari].
**terçado** – facão.
**toró** – tipo de rato.
**Tupana** – nome do deus do bem.
**Tuwiarú** – nome que não pode ser vertido para o português, sendo proibido revelar seu significado. Faz parte da religiosidade Sateré.
**tuxawa** (lg) – governante, líder Mawé [tuxaua].

**urupé** (lg) – cogumelo [urupê].

**visaje** – aparição, assombração, demônio [visagem].

**visajento** – propenso à manifestação do demônio, mal-assombrado, que pode se transformar em assombração ou demônio [visagento].

**yaguaretê** (lg) – onça pintada [iaguaretê].
**yamaxy** (lg) – paneiro, cesto de carga.
**ygapó** (lg) – pântano, floresta alagada [igapó].
**ygara** (lg) – canoa [igara].
**ygarapé** (lg) – rio pequeno, literalmente "caminho de canoa" [igarapé].
**Yurupari** (lg) – o Demônio, o espírito mau [jurupari].

IMPRESSÃO E ACABAMENTO:
YANGRAF Fone/Fax: 6198.1788